HÁMSTERES AMIGOS

PAT JACOBS

Traducción de
Santiago Ochoa

Crabtree Publishing
crabtreebooks.com

Crabtree Publishing

crabtreebooks.com 800-387-7650
Published by Crabtree Publishing Company in 2021

First published in 2019 by Wayland

Published in Canada
Crabtree Publishing
616 Welland Avenue
St. Catharines, Ontario
L2M 5V6

Published in the United States
Crabtree Publishing
347 Fifth Avenue
Suite 1402-145
New York, NY 10016

Author: Pat Jacobs
Editorial director: Kathy Middleton
Editor: Elizabeth Brent
Translation to Spanish: Santiago Ochoa
Edition in Spanish: Base Tres
Cover and interior design: Dynamo
Production coordinator & prepress technician: Tammy McGarr
Print coordinator: Katherine Berti

Photographs

iStock: p1 lepas2004; p2 blacktomb, Lusyaya, Martina_L; p4 Shawn Ang; p6 Elena_Danileiko, Viachaslau Kraskouski; p7 Enskanto, Emilia Stasiak, ChrisPethick; p8 spectrelabs, Ilona Baha; p9 vladimirzahariev; p10 Tempusfugit; p11 Just_One_Pic; p12 Feng Yu, zevei-wenhui; p13 Cindernatalie, ultrapro; p14 eve_eve01genesis; p15 Eric Isselée, UroshPetrovic, chengyuzheng; p16 Pryshchepa Serii, anatols; p17 Kvkirillov; p19 Shawn Ang, Kingarion; p3, 20 Wolfhound911; p21 pisit38, Leonid Yastremskiy; p22 Eric Isselée, Alexandr Pakhnyushchyy, Felix_Adi; p23 Lusyaya; p24 vladimirzahariev; p25 fantom_rd, Anna Subbotina-Kononchuk; p27 vladimirzahariev; p28 AlexKalashnikov, Bedolaga; p29 IgorKovalchuk; p32 Felix_Adi; Front cover: Alona Rjabceva; Back cover: IgorKovalchuk

Shutterstock: p6 Subbotina Anna, DaCek; p7 Allocricetulus; p9 kowit1982; p10 Beth Van Trees; p13 Punyaphat Larpsomboon; p14 Piotr Wawrzyniuk; p24 Bildagentur Zoonar GmbH; p26 stock_shot; p27 LeonP, Robynrg;

Alamy: p5 Juniors Bildarchiv GmbH; p17 Maximilian Weinzierl; p18 Juniors Bildarchiv GmbH; p23 Nathan Hornby, Maximilian Weinzierl; p26 Aurum

Hardcover 978-0-7787-8445-6
Paperback 978-0-7787-8467-8
Ebook (pdf) 978-1-4271-2667-2

Printed in Canada/032024/COC20240306

Library and Archives Canada Cataloguing in Publication
Title: Hámsteres amigos / Pat Jacobs ; traducción de Santiago Ochoa.
Other titles: Hamster pals. Spanish
Names: Jacobs, Pat, author. | Ochoa, Santiago, translator.
Description: Series statement: Mascotas amigas | Translation of: Hamster pals. | Includes bibliographical references and index. | Text in Spanish.
Identifiers: Canadiana (print) 20200292544 | Canadiana (ebook) 20200292552 | ISBN 9780778784456 (hardcover) | ISBN 9780778784678 (softcover) | ISBN 9781427126672 (HTML)
Subjects: LCSH: Hamsters as pets—Juvenile literature. | LCSH: Hamsters—Behavior—Juvenile literature.
Classification: LCC SF459.H3 J3418 2021 | DDC j636.935/6—dc23

Library of Congress Cataloging-in-Publication Data
Names: Jacobs, Pat, author. | Ochoa, Santiago, translator.
Title: Hámsteres amigos / Pat Jacobs ; traducción de Santiago Ochoa.
Other titles: Hamster pals. Spanish
Description: New York : Crabtree Publishing Company, 2021. | Series: Mascotas amigas | Title from cover.
Identifiers: LCCN 2020031612 (print) | LCCN 2020031613 (ebook) | ISBN 9780778784456 (hardcover) | ISBN 9780778784678 (paperback) | ISBN 9781427126672 (ebook)
Subjects: LCSH: Hamsters as pets--Juvenile literature.
Classification: LCC SF459.H3 J3418 2018 (print) | LCC SF459.H3 (ebook) | DDC 636.935/6--dc23

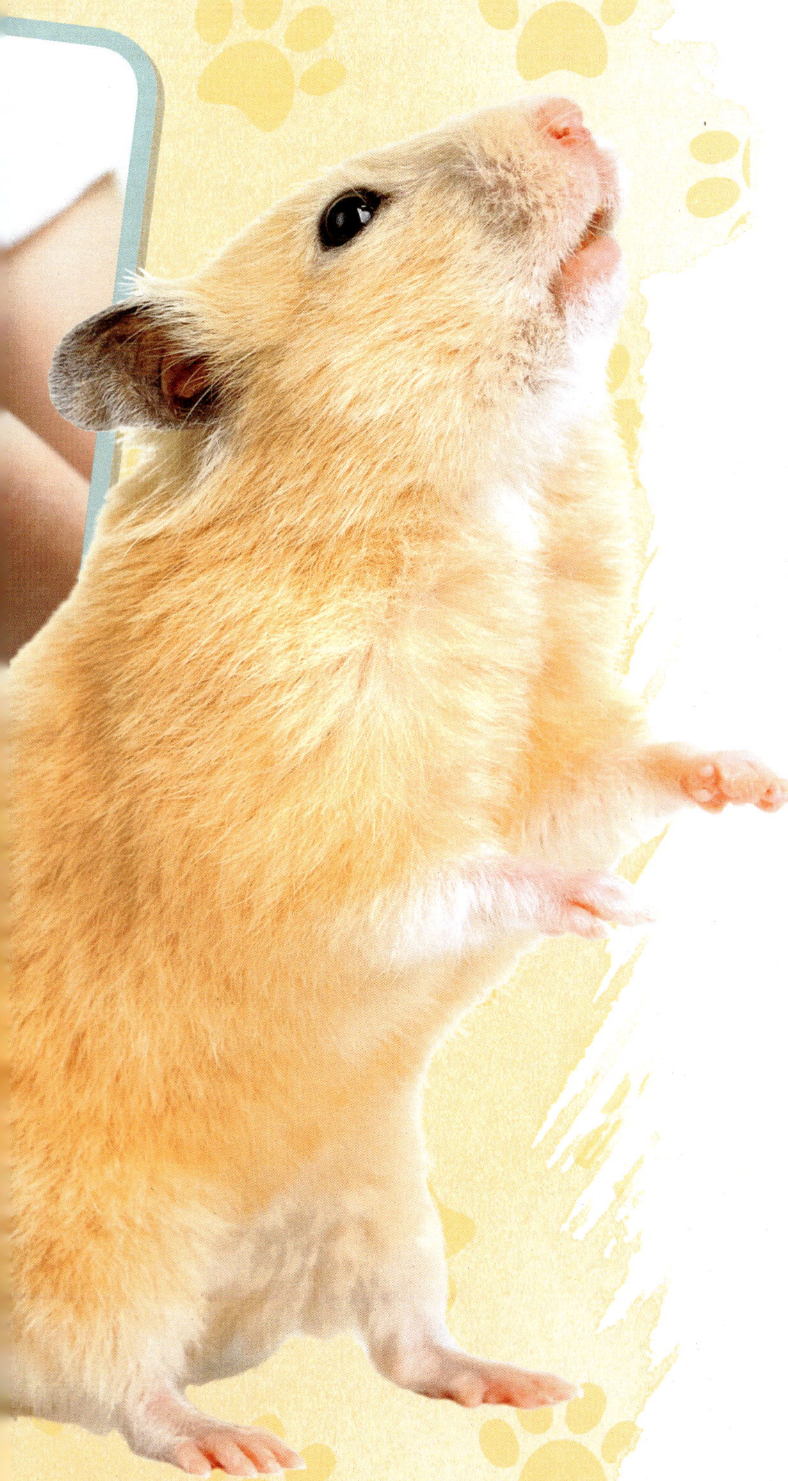

ÍNDICE

TU HÁMSTER: DE LA CABEZA A LA COLA

Cada hámster tiene una personalidad diferente, pero una cosa que todos los hámsteres tienen en común es que duermen durante el día y están activos por la noche. En la naturaleza, este comportamiento ayuda a protegerlos de los **depredadores**.

Pies: Los hámsteres usan sus pies delanteros para sostener la comida y cavar. Sus pies traseros son más grandes y les ayudan a equilibrarse cuando se paran.

Orejas: Los hámsteres tienen muy buen oído. Pueden oír los sonidos **ultrasónicos** y usarlos para comunicarse sin ser escuchados por los depredadores.

Ojos: Los hámsteres ven mejor en la luz tenue que en la luz del día. Se cree que son **daltónicos**.

Nariz: Un excelente sentido del olfato ayuda a los hámsteres a encontrar comida, y también a reconocer a otros hámsteres y a su dueño.

Bigotes: Los bigotes en la cara y el cuerpo de un hámster le ayudan a encontrar su camino en la oscuridad.

Dientes: Los hámsteres tienen grandes dientes frontales que crecen durante toda su vida, por lo que necesitan roer para evitar que crezcan demasiado.

Bolsas en las mejillas: Los hámsteres usan estas bolsas para llevar comida a su **madriguera**. La piel interior es seca y áspera.

DATOS SOBRE HÁMSTERES

- Un hámster sirio puede llevar en las bolsas de sus mejillas hasta la mitad de su peso corporal en comida, haciendo que su cabeza sea hasta tres veces más grande de lo normal.
- Un hámster puede recorrer hasta 6 millas (10 km) cada noche en su rueda de ejercicios.

RAZAS DE HÁMSTERES

Hay cuatro **razas** principales de hámsteres domésticos: siria, enana rusa, Roborovski y china. Los hámsteres sirios son solitarios, así que solo puedes tener uno por jaula, pero los enanos rusos suelen ser más felices viviendo con sus amigos.

Los **hámsteres sirios de pelo corto** a veces son llamados hámsteres dorados, pero pueden tener hasta 40 colores diferentes.

Los hámsteres **osos de peluche** son sirios de pelo largo. Los machos tienen un **collarín** alrededor de su cuello y una larga falda de pelo en el lomo.

Los hámsteres **oso negro** son sirios con el pelo totalmente negro (los hámsteres totalmente blancos se llaman osos polares).

Los hámsteres sirios **oso panda** son blancos y negros, como puedes adivinar. Los hámsteres blancos con manchas negras se conocen como hámsteres dálmatas.

Los hámsteres **enanos rusos de Campbell** tienen una raya oscura a lo largo de su columna vertebral. Pueden vivir en parejas o grupos de un solo sexo, siempre y cuando hayan crecido juntos.

Los hámsteres **Roborovski** son la raza más pequeña, pero también la más rápida, por lo que son difíciles de manejar. Deben mantenerse en parejas de un solo sexo o en grupos pequeños.

Los hámsteres **enanos rusos blancos de invierno** (o siberianos) son similares a los enanos rusos de Campbell, pero no tienen la raya oscura y tienen un color más claro en invierno.

Los hámsteres **chinos** son una raza enana, tienen un cuerpo delgado, una raya oscura a lo largo de su columna vertebral y cola larga. Su aspecto es muy parecido al de un ratón común.

PROMEDIO DE VIDA

Los hámsteres sirios y los Roborovski viven unos tres años, mientras que las razas rusa y china viven unos dos años. Es mejor comprar o adoptar hámsteres que tengan de cuatro a seis semanas de nacidos.

ELIGIENDO A TU HÁMSTER

Los hámsteres pueden comenzar a hacer bebés a una edad muy temprana, por lo que los machos y las hembras deben estar separados si tienen más de cinco semanas de edad.

Los hámsteres sirios tienen el doble del tamaño que los hámsteres enanos y chinos, y son más fáciles de manipular. Si buscas una mascota que puedas levantar y acariciar, un hámster sirio es la mejor opción.

HÁMSTERES SIRIOS

Aunque los hámsteres sirios viven felices juntos cuando son bebés, cuando crezcan se pelearán, y pueden incluso matarse el uno al otro. Son más fáciles de **domesticar** que los hámsteres enanos, y normalmente se hacen buenos amigos de su dueño.

HÁMSTERES DE PELO LARGO

Los hámsteres de pelo largo necesitan un aseo regular, especialmente los machos. Los materiales de su cama y la comida se quedan atrapados en su pelaje, así que deben ser cepillados con un cepillo de dientes al menos una vez por semana.

HÁMSTERES ENANOS

Estas lindas mascotas suelen ser felices viviendo juntas, aunque los machos a veces se pelean. Son animales muy rápidos y activos, y a la mayoría no les gusta que los manipulen, pero es muy divertido verlos correr y jugar juntos.

HÁMSTERES CHINOS

Aunque son bondadosos y raramente muerden, los hámsteres chinos no suelen ser mantenidos como mascotas porque son tímidos y se mueven muy rápido. Esto hace que sean difíciles de manejar y de atrapar si se escapan. Pueden ser **territoriales** y pelear entre ellos.

ELIGIENDO A UNA MASCOTA

Los hámsteres suelen dormir durante el día, pero es importante verlos moverse para comprobar que no tengan problemas de salud. Si puedes, es mejor que visites la tienda de mascotas por la noche, cuando los hámsteres son más propensos a estar activos.

EXAMINA A TU MASCOTA

- Los hámsteres deben ser vivaces y curiosos.
- Su pelaje debe estar limpio y esponjoso, sin manchas de humedad o parches sin pelo.
- Su respiración debe ser casi silenciosa.
- Sus dientes delanteros deben estar alineados correctamente.

CASAS PARA HÁMSTERES

Los hámsteres necesitan una jaula a prueba de fugas que sea fácil de limpiar y que tenga mucho espacio para correr y jugar. Es mejor preparar la jaula antes de llevar a tu nueva mascota a casa, para que pueda empezar a instalarse de inmediato.

Una rueda sólida es más segura que otra con hoyos porque las patas de los hámsteres podrían atascarse en ellos.

NACIDOS PARA CORRER

Una rueda proporciona mucho ejercicio, pero asegúrate de que sea lo bastante grande para que tu hámster adulto no tenga que arquear su lomo demasiado.

Las jaulas deben tener pisos sólidos porque los de alambre pueden lastimar las patas y los pies del hámster.

LA MASCOTA HABLA

No me gusta vivir cerca de un televisor, computadora, aspiradora o agua corriente porque hacen ruidos ultrasónicos que me molestan.

Debe haber una zona para dormir con espacio suficiente para que el hámster haga un nido, se mueva libremente y almacene comida.

Las barras de la jaula deben tener un máximo de ¼ de pulgada (0.5 cm) de distancia entre ellas, para las razas enanas. Los tubos y escaleras son a menudo demasiado empinados para estas mascotas pequeñas.

La base debe tener la profundidad suficiente para que los hámsteres puedan cavar a través de su cama sin esparcir el material por todas partes.

LOS MEJORES MATERIALES PARA LA CAMA Y EL NIDO

- Una cama de papel reciclado o de virutas de madera es el mejor revestimiento para el suelo de los hámsteres. El aserrín, el heno y la paja son muy polvorientos para sus delicadas narices.
- Las toallas de papel blanco o el papel higiénico son los materiales perfectos para hacer un nido. No causarán problemas si tu hámster se los come o sus patas se atascan en ellas.

HÁMSTERES FELICES

Mudarse a una nueva casa es estresante para un hámster. Necesitará unos días para acostumbrarse a todos los sonidos y olores desconocidos. No intentes agarrar a tu mascota durante este tiempo, y nunca la molestes mientras duerme.

CÓMO MANIPULAR A TU MASCOTA

Cuando tu hámster esté acostumbrado a que le des comida directamente, intenta poner una golosina en la palma de tu mano y mira si tu mascota se sube. Una vez que lo haga, puedes poner tu otra mano sobre su lomo y levantarlo.

PRECAUCIONES DE SEGURIDAD

Sostén a tu hámster sobre una superficie suave cuando lo levantes por primera vez, por si se cae. Los hámsteres enanos son muy difíciles de atrapar si se escapan, así que es mejor manipularlos en una caja en caso de que escapen.

SÉ PACIENTE

Todos los hámsteres son diferentes y podría pasar hasta un mes antes de que tu mascota esté lista para que la agarres. Es importante no forzar al hámster a hacer algo antes de que esté listo, porque el estrés puede causar una enfermedad grave llamada **cola húmeda**.

LA MASCOTA HABLA

No me asustes cuando estoy durmiendo. Podría pensar que eres un depredador y morderte.

HACIÉNDOSE AMIGOS

Una vez que tu hámster se haya instalado, comienza a darle algunas golosinas para que pueda conocer tu olor. ¡Ten cuidado! Los hámsteres tienen mala vista, así que si tu dedo huele a comida, podría darte un mordisco.

EL BANQUETE DEL HÁMSTER

La comida mixta para hámsteres proporciona todo lo que ellos necesitan, pero también disfrutan de las frutas y los vegetales. Comen insectos en su hábitat natural, así que puedes darles **gusanos de harina** o pequeños trozos de pollo o carne cocida.

El nombre de hámster viene de una palabra alemana que significa «**acumular**».

LA RESERVA DEL HÁMSTER

Mantener una **despensa** bien surtida es parte del comportamiento **instintivo** del hámster y le permite sobrevivir en la naturaleza cuando el alimento es difícil de encontrar. Los hámsteres suelen guardar su comida favorita cerca de su nido, para poder tomar un bocado rápido al despertar.

LA MASCOTA HABLA

Por favor, no me des comida pegajosa como la mantequilla de cacahuate. Se puede atascar en las bolsas de mis mejillas.

A los hámsteres les gusta roer las galletas duras para perros porque les ayudan a desgastar sus dientes.

A LOS HÁMSTERES LES ENCANTAN:

- Las frutas
- Los vegetales, incluyendo guisantes, zanahorias, apio y brócoli
- La hierba y las hojas de diente de león
- Hierbas con hojas
- Los cacahuates sin sal
- Los huevos duros

PEQUEÑAS GOLOSINAS

Los alimentos como frutas, vegetales o carne cocida solo deben darse como pequeños regalos que tu mascota pueda comer de inmediato. Si los hámsteres acumulan alimentos frescos, pueden llenarse de moho y estropear el resto de los alimentos que han guardado.

NO LE DES A TU HÁMSTER:

- Semillas de manzana
- Chocolate
- Cítricos
- Ajo o cebolla
- Habichuelas
- Champiñones
- Ruibarbo
- Almendras

CUIDADO DIARIO

Intenta pasar tiempo con tu amigo peludo todos los días para que no deje de ser manso. Juega con tu hámster por la noche, cuando está naturalmente activo.

LIMPIEZA DE LA JAULA

Las jaulas necesitan una limpieza completa una vez al mes. No uses productos de limpieza con aromas fuertes, y guarda un poco de la cama y material del nido anterior para que la jaula huela como en casa cuando tu hámster vuelva a entrar. Guarda un poco de la comida acumulada y ponla en el mismo lugar, o tu mascota pensará que un depredador la ha robado.

LA MASCOTA HABLA

Uso mi sentido del olfato para encontrar el camino a mi casa. Por eso no me gusta que elimines mi olor cuando limpias.

TAREAS DIARIAS

A los hámsteres no les gusta que les limpien las jaulas, así que es mejor quitar la cama sucia y la comida fresca que pueda estar mohosa. Si tu hámster tiene un montón de comida acumulada, aliméntalo con cantidades más pequeñas durante unos días. El agua debe cambiarse regularmente.

GARRAS MUY LARGAS

Es difícil cortar las garras de un hámster, así que si ves que las garras de tu mascota están muy largas, intenta poner un papel de lija fina en una caja con algunos juguetes y deja que tu hámster corra sobre él durante un tiempo. La superficie áspera debería desgastar sus garras.

REVISIÓN DENTAL

Los hámsteres a veces se rompen un diente, especialmente a medida que envejecen, así que pídele a un adulto que te ayude a revisar los dientes de tu mascota con regularidad. Un diente roto puede causar que el diente opuesto crezca demasiado, por lo que habría que recortarlo.

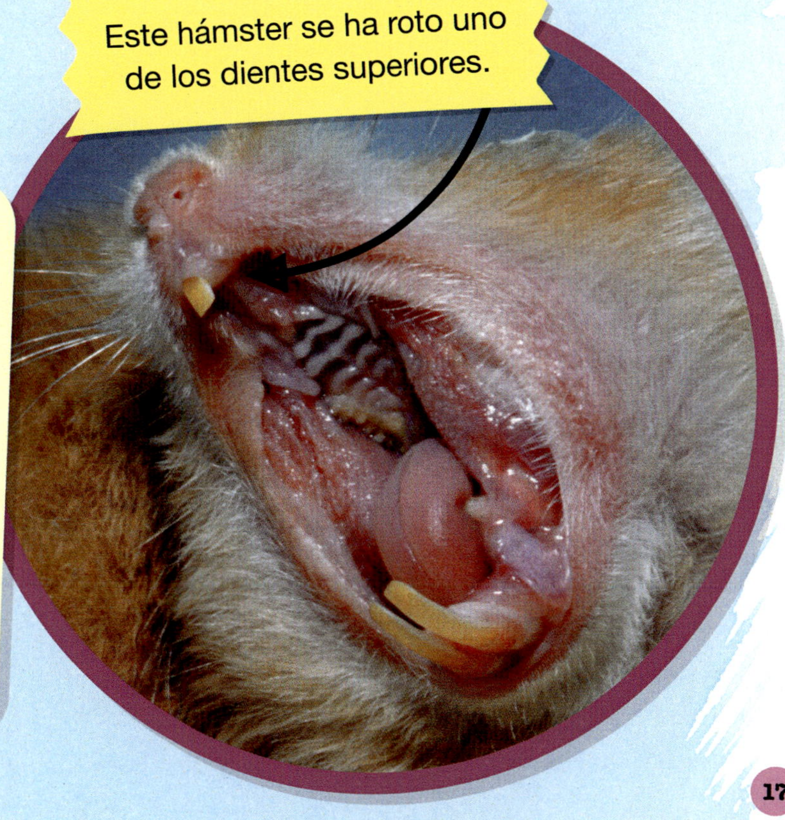

Este hámster se ha roto uno de los dientes superiores.

SALUD Y SEGURIDAD

Los animales pequeños pueden enfermarse con mucha rapidez, por lo que todos los días debes revisar a tu mascota en busca de señales de enfermedad o heridas. Cuando conozcas bien a tu hámster, notarás cualquier cambio en su comportamiento habitual.

COLA HÚMEDA

Esta enfermedad mortal suele ser causada por el estrés. Los hámsteres afectados se debilitan, tienen diarrea acuosa y pueden chillar de dolor. Si tu mascota tiene estos síntomas, debes llevarla al veterinario de inmediato.

No permitas que los perros y los gatos estén en el mismo espacio que tu hámster porque le asustará su olor.

DIABETES

La **diabetes** puede afectar a todos los hámsteres, pero aún más a las razas enanas. Por lo tanto, es mejor mantener a los hámsteres enanos con una dieta baja en azúcar, evitando frutas y vegetales dulces, como zanahorias, maíz y guisantes. Los hámsteres diabéticos toman líquidos mucho más de lo habitual y pueden temblar o agitarse.

LA MASCOTA HABLA

No puedo ver muy bien y a veces no sé a qué altura estoy. Puedo caerme y lastimarme fácilmente.

CHEQUEO DE SALUD

Lleva a tu hámster al veterinario si:

- deja de comer o tomar agua
- tiene diarrea
- se vuelve agresivo de repente
- se sienta en posición encorvada
- se rasca mucho en un mismo lugar
- tiene dificultad para caminar
- hace ruido al respirar

RESFRIADOS Y GRIPE

Los hámsteres pueden contraer resfriados y gripes de los humanos, así que no manipules a tu mascota si estás enfermo (los hámsteres también pueden infectar a los humanos). Un hámster debería recuperarse en unos días, pero si no lo hace, llévalo al veterinario.

COMPORTAMIENTO DEL HÁMSTER

En la naturaleza, los hámsteres duermen en madrigueras subterráneas durante el día y salen por la noche a buscar comida. Si la jaula de tu hámster está en un lugar muy iluminado por la noche, pensará que todavía es de día y no se levantará para jugar.

¡MANTENTE ALEJADO!

Los hámsteres son especialmente protectores de su nido y de su almacén de comida acumulada. Si pones tu mano en su cama, o cambias el material del nido con mucha frecuencia, tu mascota sentirá que su casa está siendo invadida y tal vez no se sienta segura allí.

¡NO LA TOQUES!

No le quites la comida a tu hámster a menos de que tenga moho. Los hámsteres suelen clasificar ellos mismos su despensa y tiran la comida que no sirve. Si los hámsteres sospechan que están siendo robados, a veces rocían la comida con orina para advertir a los **carroñeros** que se alejen.

HIBERNACIÓN

Si un hámster sirio se enfría, puede entrar en **hibernación**, por lo que debes mantener la jaula de tu mascota en un lugar cálido en el invierno. Un hámster en hibernación se verá sin vida y algunos dueños han enterrado a su mascota en hibernación por error. Si crees que tu hámster está hibernando, caliéntalo lentamente y dale pequeños sorbos de agua.

MANTENIENDO LA PAZ

Cuando tienes más de un hámster enano en una jaula, a veces se pelean. Si esto ocurre, tal vez tengas que darle a cada uno su propia botella de agua, su rueda, su plato de comida, su dormitorio y sus juguetes. A la mayoría de los hámsteres enanos los hará felices compartir, pero algunos machos se vuelven territoriales e intimidan a sus compañeros de jaula.

COMPORTAMIENTO TERRITORIAL

Los hámsteres marcan su territorio usando **glándulas** odoríferas. Estas se encuentran en las caderas de los hámsteres sirios, y en el estómago de las razas enanas. Si tu mascota dedica mucho tiempo a lavarse y acicalarse, está impregnando su aroma en sus patas para poder marcar cualquier territorio nuevo y encontrar su camino a casa.

COMUNICACIÓN

Los sonidos que los hámsteres usan para hablar entre ellos son tan agudos que los humanos no pueden oírlos. Si entiendes su **lenguaje corporal**, puedes averiguar lo que está pensando tu mascota.

LENGUAJE CORPORAL

Esta es una guía de lo que significan las posiciones corporales de tu hámster:

- **Orejas arriba:** Tengo curiosidad.
- **Estiramiento o bostezo:** Estoy relajado.
- **Orejas hacia adelante con las bolsas de las mejillas hinchadas y la boca abierta:** Estoy asustado.
- **Acostado de espaldas y mostrando los dientes:** Tengo miedo. ¡Déjame en paz!
- **Completamente paralizado:** He oído algo inusual.
- **Aseándome:** Me siento feliz y seguro.
- **Orejas hacia atrás con los ojos entrecerrados:** Sospecho algo.

¡RETROCEDE!

Ocasionalmente puedes oír a tu hámster chillar, silbar, chirriar o rechinar los dientes, especialmente cuando lo traes a casa por primera vez. Todos estos ruidos significan que tu mascota tiene miedo o está molesta, y quiere que la dejen en paz.

Háblale suavemente a tu mascota para que conozca tu voz. Si le das golosinas, pronto te reconocerá como un amigo.

MORDISCOS

A menos de que tu hámster haya confundido tu dedo con comida, un mordisco es un mensaje de que tu mascota está asustada o enferma y no quiere que la toquen. No culpes a tu hámster, es un comportamiento instintivo y es la única forma en que puede defenderse.

LA MASCOTA HABLA

Me asustan los ruidos fuertes, así que por favor intenta estar en silencio cerca de mi jaula.

ENTRENAMIENTO

Los hámsteres son muy inteligentes y aprenden rápido, especialmente si reciben una recompensa de comida. Una vez que tengas una buena relación con tu mascota, puedes entrenarla para que se acerque cuando la llames, y para hacer trucos simples.

¡HOLA, HÁMSTER!

Si dices el nombre de tu hámster cada vez que le das un premio, tu mascota pronto aprenderá a ir hacia ti. Esto significa que no necesitarás meter tu mano en su nido cuando quieras sacarla de la jaula.

DE PIE

Muestra a tu hámster una golosina y sostenla sobre la cabeza de tu mascota. Di «¡De pie!» mientras tu hámster busca la golosina. Sigue haciéndolo, subiendo la golosina un poco más cada vez. Pronto, cuando tu mascota escuche las palabras «¡De pie!», se parará sobre sus patas traseras y esperará la golosina.

Las semillas de girasol son una de las comidas favoritas de los hámsteres, y tienen el tamaño justo para una golosina.

SALTANDO A TRAVÉS DE UN ARO

Puedes hacer un aro de cartón, o usar un brazalete grande. Pon el aro en el suelo delante de tu hámster y sostén una golosina en el otro lado. Di la palabra «Salta» mientras tu hámster atraviesa el aro para alcanzar la golosina. Intenta sostener el aro un poco más alto una vez que tu mascota haya entendido la idea.

ENTRENAMIENTO PARA IR AL BAÑO

Los hámsteres suelen ir al baño en el mismo lugar, así que puedes facilitar la limpieza de la jaula entrenando a tu mascota para usar un frasco grande de cristal. Pon el frasco horizontalmente en el lugar elegido por tu mascota y echa un poco del material limpio de la cama. Añade un poco de material sucio de la cama para animar a tu mascota a usar el frasco.

LA MASCOTA HABLA

Enséñame solo un truco a la vez porque podría confundirme.

DIVERSIÓN Y JUEGOS

CÓMO ENTRETENER A TU HÁMSTER

Deberías pasar al menos una hora al día jugando con tu hámster. Dale a tu amigo peludo la oportunidad de correr afuera de su jaula, pero no olvides que los hámsteres son expertos en escapar y pueden meterse por los huecos más pequeños.

Los juguetes de madera le dan a tu hámster algo que roer y le ayudan a desgastar sus dientes.

ADIÓS AL ABURRIMIENTO

Los hámsteres son excavadores por naturaleza, así que realmente disfrutarán cavando en una caja profunda de arena, papel triturado o composta. Mantén la caja sobre una hoja o en un pedazo de plástico para poder limpiar fácilmente cualquier desorden.

RODANDO

Una esfera de hámster permite a tu mascota explorar sin el riesgo de desaparecer por un agujero en el suelo o de masticar algo que no debería. Nunca uses una esfera en lo alto de una escalera, y no mantengas a los hámsteres dentro de una esfera por más de 15 minutos, pues podrían sobrecalentarse.

LA MASCOTA HABLA

Me encantan los túneles y masticar, así que un viejo tubo de cartón es el juguete perfecto para mí.

ZONA DE JUEGOS DEL HÁMSTER

Los hámsteres, especialmente los de razas enanas, son muy veloces y pueden ser difíciles de atrapar, así que es mejor dejarlos correr en un espacio cerrado, como una caja grande o una bañera seca (con el tapón apretado). Asegúrate de que tengan muchos juguetes, tubos y escondites para mantenerlos entretenidos.

COLOCA UNA TRAMPA PARA HÁMSTERES

Si tu hámster se escapa, puedes capturarlo usando un balde o una papelera. Pon un poco de relleno en el fondo para que tu hámster caiga con suavidad, y luego agrega un poco de su comida favorita. Haz una pequeña escalera por el exterior del balde o la papelera usando libros o bloques de madera.

CUESTIONARIO SOBRE HÁMSTERES

¿Qué tanto sabes sobre tu amigo hámster? Haz esta prueba para averiguarlo.

1 **¿Qué tienen de inusual los hámsteres blancos de invierno rusos?**

a. Son todos blancos
b. Su pelaje se vuelve más claro en invierno
c. Hibernan durante el invierno

2 **¿Cuál de estas razas de hámster tiene pelo largo?**

a. El oso de peluche
b. El chino
c. El Roborovski

3 **¿A qué animal se asemejan los hámsteres chinos?**

a. A una rata
b. A los cuyos
c. A los ratones

4 **¿Qué pasa cuando un hámster se estira y bosteza?**

a. Se está preparando para morder
b. Tiene sueño
c. Se siente relajado

5 **¿Por qué los hámsteres no deben comer mantequilla de cacahuate?**

a. Les revuelve el estómago
b. Engordan demasiado
c. Se queda atascada en las bolsas de sus mejillas

6 **¿Cuánto tiempo viven los hámsteres sirios en promedio?**

a. 18 meses
b. Tres años
c. Ocho años

10 **¿Cuándo son más activos los hámsteres?**

a. A media mañana
b. A media tarde
c. Por la tarde y por la noche

7 **¿Por qué los hámsteres mastican todo el tiempo?**

a. Tienen hambre
b. Están aburridos
c. Necesitan desgastar sus dientes

8 **¿Cuál de estos alimentos es malo para los hámsteres?**

a. Zanahoria
b. Chocolate
c. Pollo

9 **¿Cuántos hámsteres sirios pueden vivir juntos en una jaula?**

a. Uno
b. Un par
c. Tres o más

RESPUESTAS DEL CUESTIONARIO

1 **¿Qué tienen de inusual los hámsteres blancos de invierno rusos?**

c. Su pelaje se vuelve más claro en el invierno

2 **¿Cuál de estas razas de hámster tiene pelo largo?**

a. El oso de peluche

3 **¿A qué animal se asemejan los hámsteres chinos?**

c. A los ratones

4 **¿Qué pasa cuando un hámster se estira y bosteza?**

c. Se siente relajado

5 **¿Por qué los hámsteres no deben comer mantequilla de maní?**

c. Porque se atasca en las bolsas de sus mejillas

6 **¿Cuánto tiempo viven los hámsteres sirios en promedio?**

b. Tres años

7 **¿Por qué los hámsteres mastican todo el tiempo?**

c. Necesitan desgastar sus dientes

8 **¿Cuál de estos alimentos es malo para los hámsteres?**

b. Chocolate

9 **¿Cuántos hámsteres sirios pueden vivir juntos en una jaula?**

a. Uno

10 **¿Cuándo son más activos los hámsteres?**

c. Por la tarde y por la noche

APRENDE MÁS

LIBROS

Ganeri, Anita. *Nibble's Guide to Caring for Your Hamster.* Heinemann-Raintree, 2013.

Oliver, Carin. *Homemade for Hamsters.* Firefly Books, 2016.

Sjonger, Rebecca y Bobbie Kalman. *Hamsters.* Crabtree Publishing Company, 2004.

GLOSARIO

acumular: un suministro oculto que se almacena para su uso futuro

carroñeros: animales que comen la comida desechada o abandonada por otros animales

cola húmeda: una enfermedad peligrosa que se puede desarrollar en los intestinos de un hámster

collarín: conjunto de pelo más largo alrededor del cuello

daltónicos: que no pueden ver la diferencia entre ciertos colores

depredadores: animales que cazan y comen otros animales

despensa: un lugar donde se almacenan alimentos

diabetes: una enfermedad que impide que el cuerpo absorba el azúcar adecuadamente

domesticar: hacer a un animal gentil y obediente

glándulas: órganos que producen fluidos y químicos, como la saliva, las lágrimas y el olor

gusanos de harina: gusanos del escarabajo que se secan y se venden como alimento para animales pequeños

hibernación: estar en un sueño profundo

instintivo: comportamiento natural que es automático y no se aprende

lenguaje corporal: comunicarse a través de gestos y movimientos corporales

madriguera: un agujero o túnel cavado por un animal pequeño

razas: grupos de animales con los mismos ancestros y características

territoriales: cuando los animales reclaman áreas para sí mismos y las defienden de los intrusos

ultrasónicos: sonidos muy agudos que los humanos no pueden oír

ÍNDICE ANALÍTICO